Wolke
Baum
CHELM
Stein

CHELM

Isaac Bashevis Singer

Die Narren von Chelm

Aus dem Englischen übersetzt
von Sybil Gräfin Schönfeldt
Zeichnungen von Heinz Ortner

Loewe

CIP-Titelaufnahme der Deutschen Bibliothek

Singer, Isaac Bashevis:
Die Narren von Chelm / Isaac Bashevis Singer.
[Aus d. Englischen übers. von Sybil Gräfin Schönfeldt].
1. Aufl. – Bindlach: Loewe, 1990
(Loewe Regenbogen)
ISBN 3-7855-2358-0

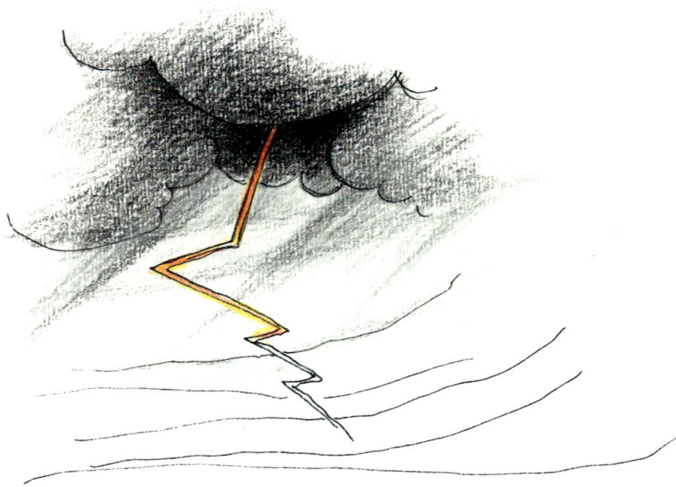

Loewe Regenbogen
Herausgegeben von Jürgen Weidenbach

ISBN 3-7855-2358-0 – 1. Auflage 1990

Titel der Originalausgabe: The Fools of Chelm
Veröffentlicht unter Mitwirkung von Farrar, Straus & Giroux, New York

Aus dem Englischen übersetzt von Sybil Gräfin Schönfeldt
Umschlagzeichnung: Heinz Ortner
Umschlaggestaltung: Cooperation GmbH, München
Satz: Voro, Rödental
Druck: Druckhaus Bayreuth
Printed in Germany

Wie Chelm entstanden ist

Die Gelehrten von Chelm konnten sich nicht darauf einigen, wie ihre Stadt entstanden war. Die Frommen glaubten, Gott habe gesagt: „Es werde Chelm!", und schon sei es dagewesen. Viele andere hegten dagegen die Ansicht, Chelm sei die Folge eines Urknalls gewesen.

„In den Zeiten vor Chelm", behaupteten sie, „herrschte ein einziges gewaltiges Durcheinander, nur Wolken und Nebelschwaden. Dann gab es einen ungeheuren Knall, und Chelm tauchte auf."

Am Anfang war die Oberfläche von Chelm so heiß, daß die Chelmer, wenn es sie schon gegeben hätte, nicht auf dem Erdboden hätten gehen können, ohne sich die Fußsohlen zu versengen. Aber allmählich kühlte Chelm ab, und die Oberfläche bekam eine harte Kruste, wie Haferbrei in einem Topf, der zu lange hat stehen müssen. Die ersten Chelmer, sagten die Gelehrten, seien keine Leute gewesen, sondern Mikroben, Amöben und ähnliche Geschöpfe. Später entstand ein Fluß in Chelm. Er enthielt viele Fische, und das waren die Ahnen der Chelmer. Und das wird auch die Erklärung dafür sein, daß die Chelmer nichts so gerne essen wie Fisch, besonders gefilte Fisch*.

Die ersten Chelmer konnten weder lesen noch schreiben, und die Geschichte dieser ältesten Zeit ist nirgendwo verzeichnet. Es heißt, daß diese frühesten Chelmer Primitive waren. Sie liefen nackt und barfuß herum, hausten in Höhlen und jagten das Wild mit Äxten und Speeren aus Stein. Alle naslang gingen sie an Hunger zugrunde und wurden krank. Doch da es damals das Wort Krise noch nicht gab, entstand auch keine, und keiner versuchte, sie zu lösen.

Nach vielen, vielen Jahren wurden die Chelmer zivilisiert. Sie lernten lesen und schreiben, und Wörter wie Problem und Krise wurden erfunden. In dem Augenblick, als das Wort Krise in der Sprache auftauchte, merkten die Leute auch gleich, daß es in Chelm eine Krise gab. Sie erkannten, daß die Dinge in Chelm nicht zum besten standen. Der Erfinder dieser Wörter war ein Mann namens Gronam. Oder Gronam der Erste, wie er später genannt wurde. Man rief ihn auch Gronam Ochs, weil er immer einen Hut mit Hörnern trug.

Gronam war der erste Weise von Chelm und auch sein erster Herrscher. In Chelm haben Macht und Weisheit immer zusammengehört. Ein Rat von fünf Weisen half Gronam regieren. Das waren der Dämelack Lekisch, Zeinvel der Trottel, Treitel der Narr, der Sender Esel und Schmendrick Dummkopf. Gronam hatte auch einen Schreiber, der Schlemihl* hieß.

Eines Tages befahl Gronam Schlemihl, die Weisen zum Rat herbeizurufen.

Als sie beisammen waren, sagte Gronam: „Meine weisen Ratgeber, in Chelm ist eine Krise ausgebrochen. Die meisten unserer Bürger haben nicht genug Brot zu essen, kleiden sich in Lumpen, und viele leiden an Husten und Schnupfen. Wie können wir diese Krise lösen?"

Die Weisen dachten sieben Tage und sieben Nächte lang nach, so, wie es bei ihnen üblich war.

Dann sagte Gronam: „Die Zeit ist um. Laßt mich hören, was ihr zu sagen habt."

Der Dämelack Lekisch ergriff als erster das Wort: „Es gibt nur wenige Leute in Chelm, die so gebildet sind, daß sie wissen, was Krise bedeutet, nämlich eine schlimme Lage. Laßt uns also gesetzlich verbieten, dieses Wort zu benutzen, dann wird es rasch vergessen sein. Und dann

wird auch keiner mehr wissen, daß eine Krise besteht, und wir Weisen müssen uns nicht den Kopf zerbrechen, wie man sie lösen könnte."

„Zu spät", unterbrach ihn Zeinvel der Trottel, „es ist schon wahr, daß die alten Leute das Wort nicht kennen, aber in der jüngeren Generation haben sie es alle gelernt, und sie stellen die Zukunft von Chelm dar."

„Was schlägst du also vor, Zeinvel?" fragte Gronam Ochs.

„Mein Rat lautet", antwortete Zeinvel der Trottel, „daß es in jeder Woche zwei Fastentage geben sollte, nämlich Montag und Donnerstag. Auf diese Art und Weise werden wir so viel Brot sparen, daß es nicht mehr knapp sein kann."

„Das würde das Brotproblem lösen, aber was wäre mit dem Mangel an Kleidern und Schuhen?" fragte Gronam Ochs.

Treitel der Narr legte zwei Finger an die Nase, und das war das Zeichen, daß er etwas zu sagen hatte.

„Sprich, Treitel", befahl Gronam.

„Mein Rat lautet", sagte Treitel der Narr, „daß wir auf Schuhe, Stiefel, Kaftane, Hosen, Jacken, Röcke, Unterröcke und alle anderen Bekleidungsartikel eine hohe Steuer legen. Dann werden sich die Armen keine Kleider mehr leisten können. Dadurch wird mehr als genug für die Reichen übrigbleiben. Was scheren uns die Armen?"

„Schlechter Rat!" rief Sender Esel aus.

„Warum ist das ein schlechter Rat?" fragte Gronam Ochs.

„Er ist schlecht, weil die Armen die einzigen sind, die auf dem Acker und in den Läden arbeiten. Wenn sie in Lumpen laufen und barfuß sind, werden sie sich ununterbrochen erkälten und an Husten und Schnupfen leiden und deshalb nicht arbeiten können. Sie werden also nicht imstande sein, wenigstens für die Reichen genug Brot und Stoffe herzustellen."

„Und was schlägst du vor, Sender Esel?"

„Ich schlage vor", erwiderte Sender Esel, „daß die Armen in der Nacht, wenn die Reichen schlafen, in deren

Häuser einbrechen und alles mitnehmen, ihre Stiefel und Hausschuhe und Kaftane und Kleider und was sie sonst noch so haben. Dann werden die Armen warm und anständig gekleidet sein und können auf dem Feld und im Laden arbeiten, ohne sich zu erkälten. Was scheren uns die Reichen?"

„Alles falsch", verkündete Schmendrick Dummkopf.

„Warum ist das alles falsch?" fragte Gronam.

„Weil auf jeden reichen Mann in Chelm ein paar hundert Arme kommen", antwortete Schmendrick Dummkopf. „Die Kleider werden nicht für alle reichen. Außerdem sind die Reichen dick und fett, und die Armen sind mager, deshalb werden ihnen die Kleider der Reichen nicht passen."

„Was ist also deine Lösung, Schmendrick Dummkopf?" fragte Gronam Ochs.

„Ich sage, daß alle Kleider verdammt und verboten werden sollten. Die großen Geschichtsschreiber von Chelm lehren uns, daß unsere Ahnen in alten Zeiten nackt waren und in Höhlen wohnten. Sie lebten von der Jagd. Laßt es uns genauso machen, dann sind all unsere Probleme gelöst."

„Das ist Unfug", sagte der Dämelack Lekisch, „laut unseren Gelehrten hat es in den alten Tagen keine Winter in Chelm gegeben. Deshalb konnten die Leute ruhig nackt herumlaufen. Für heute schlage ich vor, daß wir unsere Sitzung vertagen. Es scheint so, daß sieben Tage und sieben Nächte Nachdenken nicht genug gewesen sind."

Einen Augenblick lang sah es so aus, als ob Gronam

Ochs diesen klugen Vorschlag annähme. Wenn die Weisen von Chelm nämlich zu keinem befriedigenden Entschluß kamen, war es üblich, die Beratung auf die nächste Sitzung zu verschieben. Gronam hatte bereits seinen kleinen Hammer erhoben, um dreimal auf den Tisch zu klopfen, zum Zeichen, daß die Sitzung beendet war, als er sich plötzlich an seine bucklige Stirn griff und rief: „Meine hochverehrten Weisen, ich habe eine Lösung."

„Und wie lautet deine Lösung, o Weiser aller Weisen?" fragten die anderen.

„Schweigt und hört zu."

Da zupfte sich jeder Weise an seinem linken Ohrläppchen und sang: „Ja, Gronam Ochs, wir sind ganz Ohr."

Wer ist der Feind?

Dies ist meine Idee", sagte Gronam Ochs, „nur ein Krieg kann Chelm retten."

„Ein Krieg?" riefen alle fünf Weisen voller Verwunderung aus.

Bis zu dieser Zeit war Chelm noch niemals in einen Krieg verwickelt worden. Es verfügte über eine kleine Polizeimacht, und die Polizisten trugen Knüppel, aber Soldaten gab es nicht in Chelm.

„Jawohl, ein Krieg", wiederholte Gronam Ochs.

„Ein Krieg mit wem?" fragte der Dämelack Lekisch.

„Ein Krieg mit den Leuten von Gorschkow."

„Was haben die Leute von Gorschkow denn getan, daß wir ihnen den Krieg erklären?" erkundigte sich Zeinvel der Trottel.

„Wie können wir denn einen Krieg führen, wenn wir weder Schwerter noch Speere haben?" fragte Treitel der Narr.

„Wie kann uns ein Krieg mit Gorschkow helfen?" fragte Sender Esel. „Gorschkow ist ein kleines Dorf, und die Leute da sind noch viel ärmer als wir."

„Und wer kann uns versprechen, daß wir siegen?" warf Schmendrick Dummkopf ein. „Und wer soll in den Kampf ziehen?"

„Das sind sehr gute Fragen", erklärte Gronam Ochs. „Meine Antwort lautet so: Wir werden den Leuten von Gorschkow den Krieg erklären, weil sie uns Narren

nennen. Wir Chelmer wissen, daß von den zehn Maß Weisheit, die der Himmel auf die Erde sandte, neun nach Chelm kamen, aber die bescheuerten Leute von Gorschkow bilden sich ein, sie seien die Schlauen und wir die Narren. Es gibt nur eine einzige Möglichkeit, ihnen zu beweisen, daß wir die Schlaueren sind, und das ist der Sieg in der Schlacht. Es ist wahr, daß wir weder Schwerter noch Speere besitzen, aber wir haben Salman den Schmied, und er kann sie für uns machen.

Es ist wahr, daß wir unser Eisen in Lublin kaufen müssen und daß es sehr teuer ist, aber unsere Frauen haben eiserne Töpfe und Pfannen, und weil es ohnehin nicht viel zu kochen gibt, können sie genausogut ihre Töpfe zu Schwertern und Speeren schmieden lassen. Es ist auch wahr, daß Gorschkow klein ist und die Gemeinde dort noch ärmer als wir, aber wenn wir gesiegt haben, werden wir unsere Feinde zu Sklaven machen, und sie werden unsere Arbeit verrichten. Dann können wir unsere ganze Zeit den klugen Gedanken widmen, wie es den Weisen von Chelm zusteht. Und was den Ausgang des Krieges betrifft, so gibt es keinen Grund zur Sorge: denn auf jeden Narren von Gorschkow kommen zehn Weise von Chelm. Wir haben viele junge Leute, die nur müßig herumlungern. Die werden wir zu unserer Streitmacht einberufen. Und um unseres Sieges ganz gewiß zu sein, werden wir Gorschkow mitten in der Nacht angreifen, und ehe sie aufwachen und merken, was passiert ist, sind sie entweder alle erschlagen oder gefangen und zu Sklaven geworden."

„Gronam Ochs, du bist nicht nur der größte Weise von Chelm, sondern von der ganzen Welt", rief der Dämelack Lekisch aus.

„Wenn wir Gorschkow erobern, wird Chelm ein Kaiserreich", setzte Zeinvel Trottel hinzu.

„Gronam Ochs wird König von Chelm und Kaiser von Gorschkow", sagte Treitel der Narr.

„Als erstes werden wir unseren Sklaven befehlen, dem

Kaiser und König ein Schloß zu bauen, das aus drei Zimmern und einer Küche besteht", sagte Sender Esel. „Eins davon soll deine Denkstube werden, wo deine Frau Yente Pesha, die Kaiserin, dich nicht mehr mit ihrem Gekeife und Geschimpfe beim Meditieren stören kann."

Schlemihl riß den Mund weit auf und streckte die Zunge heraus, was bedeutete, daß er etwas sagen wollte.

„Was hast du zu bemerken?" fragte Gronam. „Du vergißt wohl, daß du nur ein Schreiber bist und keiner meiner Ratgeber."

„Bitte vergib mir, o Oberkluger, künftiger König und Kaiser. Was ich sagen will, dient dem Heil von Chelm und könnte auch zum erfolgreichen Ausgang des Feldzuges beitragen."

„Was also? Faß dich kurz."

„Gorschkow ist ziemlich weit von hier entfernt, ungefähr acht Meilen. Von Chelm nach Gorschkow führt kein Weg, und um dort hinzugelangen, muß man einen tiefen Wald und einen Sumpf durchqueren. Wie sollen unsere heldenhaften Soldaten den richtigen Weg finden, vor allem wo die Schlacht mitten in der Nacht stattfinden soll? Außerdem ist Gorschkow von einer Mauer umgeben, und bei Sonnenuntergang wird das Tor versperrt. Wie sollen unsere Helden Gorschkow überfallen, wenn das Tor verriegelt ist?"

Tiefes Schweigen breitete sich aus. Keiner hätte vermutet, daß Schlemihl so eine schwierige Frage stellen würde.

Der Dämelack Lekisch ergriff als erster das Wort. „Die-

se tückische Frage ist ein Verrat am Kaiserreich!“ rief er ärgerlich.

„Er sollte ins Gefängnis geworfen und zu Schwerarbeit verurteilt werden“, sagte Zeinvel der Trottel.

„Und bis ans Ende der Welt nicht wieder entlassen“, setzte Treitel der Narr hinzu.

„Man sollte ihn hängen!“ rief Sender Esel.

„Einmal hängen reicht nicht aus!“ rief Schmendrick Dummkopf. „Mindestens dreimal sollte man ihn aufknüpfen.“

„Meine sehr ergebenen Ratsherren“, antwortete Gronam, „es ist nicht notwendig, so hart mit Schlemihl umzuspringen. Wir wollen nicht vergessen, daß er der einzige Schlemihl ist, den wir haben, und wenn er auch nur einmal an den Galgen gebracht wird, so stehen wir ohne einen Schlemihl da. Außerdem habe ich eine Antwort auf seine Frage.“

„So schnell?“ fragten alle fünf Ratgeber wie aus einem Mund.

„Mein Hirn ist kein Zeitverschwender“, entgegnete Gronam. „Es gibt bei uns einen Mann namens Haskel, der zufällig in Gorschkow geboren, aber mit einer Frau aus Chelm verheiratet ist. Er kennt bestimmt den Weg nach Gorschkow, und er wird uns führen. Was nun das Tor anbelangt, so steckt Feitel der Dieb im Gefängnis und sitzt eine Strafe von dreihundert Jahren ab, weil er in Berels Lebensmittelladen eingebrochen ist und drei Zwiebeln gestohlen hat. Wenn er schon das Schloß von Berels Lebensmittelladen hat aufbrechen können, wird er es sicher auch schaffen, das vom Gorschkower Stadttor zu knacken. Ich, Gronam, setze ihn deshalb auf freien Fuß, und er führt dafür unsere tapferen Truppen heil und sicher nach Gorschkow hinein.“

Die Ratsherren waren von Gronams Weisheit so tief beeindruckt, daß es ihnen die Sprache verschlug.

Schlemihl riß abermals seinen Mund sperrangelweit

auf und streckte die Zunge heraus, aber ehe er ein Wort äußern konnte, sagte Gronam Ochs: „Klapp lieber deinen Mund wieder zu, sonst stellst du fest, daß du um einen Kopf kürzer bist. Die Sitzung ist geschlossen. Es ist mein kaiserlicher Befehl, daß alles, was in dieser Runde besprochen wurde, ein Staatsgeheimnis bleibt. Ihr seid entlassen."

Sofort verbreitete sich in ganz Chelm brühwarm das Gerücht, daß Gronam Ochs einen Kriegszug nach Gorschkow vorbereitete und daß dieser Plan ein tief und eisern gehütetes Geheimnis war.

Der Krieg

In Chelm war es immer leichter, zu reden als zu handeln. Salman der Schmied war nicht sonderlich darin geübt, Schwerter und Speere herzustellen. Als Yente Pesha, Gronams Frau, davon hörte, daß sie ihre Töpfe und Pfannen für militärische Zwecke zu opfern hatte, überschüttete sie Gronam mit ihren unflätigsten Flüchen.

„Wir haben auch ohne Krieg schon genug Schererei", schrie sie ihn an. „Du trägst nicht nur die Hörner von einem Ochsen, du hast auch nur die Grütze von einem."

„Yente Pesha, vergiß nicht, daß du mit dem künftigen Kaiser von Gorschkow sprichst", ermahnte sie Gronam.

„Kaiser, Schmaiser", fauchte Yente Pesha, „für mich bist du nichts als ein Narr von Chelm."

Jeder andere, der es gewagt hätte, so mit Gronam zu sprechen, wäre sofort als Verräter abgeurteilt worden. Aber gegen Yente Pesha und ihr gewaltiges Mundwerk kam selbst Gronam nicht an.

Der Lenz nahte, und statt daß die jungen Männer von Chelm auf dem Felde gearbeitet hätten, wurden sie eingezogen und für den Gorschkowkrieg gedrillt. Infolgedessen gab es eine magere Ernte.

Dann kam der Herbst, und der Regen begann. Da die Soldaten entweder barfuß liefen oder in zerlöcherten Stiefeln, brüteten viele eine Erkältung aus. Fast die ganze Armee hustete und schniefte. Es war jedoch unmöglich, den Krieg hinauszuschieben.

So marschierte die Armee von Chelm in einer finsteren Nacht und unter Führung von Gronam Ochs höchstpersönlich nach Gorschkow.

Zu den vorderen Trupps gehörten der Pfadfinder Haskel und Feitel der Dieb. Es hatte drei Tage ununterbrochen geregnet, und die Soldaten versanken bis zu den Knien im Schlamm.

Um den Mut der Truppe hochzuhalten, hatte der Hofpoet Zeckel ein Lied komponiert:

Wir kommen nun in Reihen,
um Gorschkow zu befreien.
Ochs Gronam geht voran,
gleich sind die Feinde dran.
Zu Chelm, da wählten wir
uns Gronam Ochsentier.

Die meisten Soldaten waren stockheiser. Andere hatten sich beim Waten durch den Schlamm die Füße verletzt. Aber wie jedermann weiß, ist der Krieg kein Kinderspiel.

Stunden verstrichen, und noch war nichts von Gorschkow zu sehen.

Gronam wurde ungeduldig. „Haskel, wo ist Gorschkow?"

„Ich fürchte, ich habe mich geirrt", gestand Haskel nach kurzem Zögern niedergeschlagen, „statt nach rechts, bin ich nach links abgebogen, und jetzt sind wir dicht vor Masselborscht."

„Masselborscht!" schrien die Offiziere wütend.

„Ich fürchte, ja", antwortete Haskel. „Aber was macht das für einen Unterschied? In Masselborscht gibt es sogar noch weniger Soldaten als in Gorschkow, und es wird leichter zu erobern sein."

Schlemihl, der das Kriegsheer begleitete, wandte ein: „Wir hatten die Absicht, die Leute von Gorschkow anzugreifen, weil sie uns für Narren halten, aber was haben wir denn gegen die Leute von Masselborscht?"

Gronam hatte wie immer eine Antwort parat. „Die

Leute von Masselborscht bilden sich auch ein, wir wären Narren. In Wahrheit hält uns die ganze Welt für Narren. Egal, wen wir angreifen, sie kriegen damit immer genau das, was sie verdienen."

„Hurra! Lang lebe Gronam, unser Kaiser!" jubelten die Truppen.

„Lang lebe Chelm! Tod den Masselborschtern!"

In jener Nacht lagen die meisten Bürger von Masselborscht in friedlichem Schlaf. Kein einziger träumte von Krieg. Masselborscht war von keiner Stadtmauer umgeben, und Feitel der Dieb mußte kein Torschloß aufbrechen. Es gab genaugenommen in ganz Masselborscht kein einziges Schloß. Die Chelmer hätten also einen leichten Sieg gehabt. Aber zufällig fand gerade in jener Nacht die Hochzeit eines Schlachtergesellen aus Gorschkow mit der Tochter eines Kutschers aus Masselborscht statt. Wie es der Sitte entsprach, fand diese Hochzeit im Heimatdorf der Braut statt. Die Hochzeitsgäste, Schlachter und Kutscher, waren immer noch beim Trinken und Tanzen, als sie plötzlich singende und jubelnde Stimmen hörten. Sie gingen hinaus und sahen einen wilden Haufen anmarschieren, einige mit Schwertern und Speeren bewaffnet, andere mit Knüppeln. Ein Chelmer, der nichts Besseres erwischt hatte, hatte einen langen hölzernen Stößel geschultert, mit dem sonst die Körner zu Matzemehl* zerrieben wurden.

Als die Hochzeitsgäste fragten, was das alles bedeuten solle, antwortete Gronam Ochs: „Wir sind die Armee von Chelm. Wir hatten die Absicht, Gorschkow anzugreifen, weil die Leute dort uns Narren nennen, aber unser Wegsucher Haskel hat die falsche Abzweigung genommen und uns nach Masselborscht gebracht. Und weil ihr Leute von Masselborscht uns ebenfalls Narren nennt, haben wir beschlossen, euch den Krieg zu erklären."

Mehr brauchten die Schlachter und Kutscher gar nicht

zu hören. Sie waren sturzbetrunken und warfen sich mit voller Wut und Wucht auf das Heer von Chelm. Gronam und seine Offiziere befahlen den Soldaten von Chelm zurückzuschlagen.

„Die Ehre von Chelm liegt in euren Händen, heldenhafte Krieger!“ schrie Gronam verzweifelt. „Zeigt der ganzen Welt, daß die Chelmer nicht nur schlau sind, sondern auch stark in der Schlacht.“

Gronams Worte nützten der Armee von Chelm jedoch nur wenig. Die Soldaten waren erschöpft vom Marschieren und vom Schlafmangel, und der Regen hatte sie durchnäßt bis auf die Haut. Sie rannten davon. Die Trommler ließen ihre Trommeln fallen. Einige von denen, die mit einem Schwert ausgestattet waren, versuchten noch, es aus der Scheide zu ziehen, aber ihre Hände

waren klamm von der Kälte. In ein paar Minuten erlitt die Kriegsmacht von Chelm eine vollständige Niederlage.

Um die Metzgerläden von Masselborscht trieben sich viele streunende Hunde herum. Sie jagten der flüchtenden Armee nach und bellten und bissen. Einer der Hunde riß einem fliehenden Soldaten die Hosen vom Leibe.

Die übrigen Bewohner von Masselborscht schliefen friedlich weiter und hatten keine Ahnung, daß sie einen historischen Sieg verschlafen hatten.

Am folgenden Tag, bei Einbruch der Dunkelheit, kehrte die Armee von Chelm halb nackt, barfüßig, ohne Waffen, mit gebrochenen Nasen und blauen Augen in die Heimat zurück. Die Frauen und Mädchen von Chelm hatten für die Sieger schon ein herrliches Willkommensfest vorbereitet. Sie hatten Blinsen* gebacken und saure Sahne angesetzt und Krüge mit Beerensaft bereitgestellt. Jetzt aber weinten sie bitterlich. Gott sei Lob und Dank, keiner war getötet worden, aber es fehlten ein paar Krieger und ein General. Sie mochten entweder gefangengenommen sein, oder sie hatten beschlossen, beim Feind in Masselborscht zu bleiben.

Gronam Ochs hatte eins seiner Hörner verloren. Sein linkes Auge war vom Hieb eines Schlachterlehrlings zugeschwollen. Yente Pesha war gerade aus dem Haus getreten, um das Abwaschwasser auszugießen, da erblickte sie ihn. Sie erschrak so, daß sie Gronam den ganzen Eimer voll Spülwasser auf die Füße kippte. „Weh mir!“ heulte sie. „Da hätten sie dich lieber gleich ins Grab werfen sollen!“

Gronam Ochs und seine Weisen mußten von neuem beratschlagen. Sie dachten sieben Tage und sieben Nächte lang nach, und dann veröffentlichten sie den folgenden Aufruf:

1. Gronam Ochs bleibt der Weise der Weisen, Herrscher von Chelm und der siegreiche Kaiser von Masselborscht.
2. Vor einem künftigen Angriff auf den Feind sollen Spione ausgesandt werden, die sich davon zu überzeugen haben, daß an dem betreffenden Abend weder Schlachter noch Kutscher an einer Hochzeit teilnehmen.
3. Stößel aus einem Matzemehlmörser sollen nie wieder von einer Chelmer Armee als Waffen benutzt werden.
4. Wenn die Armee von Chelm heimkehrt, ist es Yente Pesha, der Kaiserin, nicht gestattet, den Kaiser dadurch zu begrüßen, daß sie ihm Abwaschwasser auf die Füße gießt.

Diese Anordnungen wurden auf Pergament geschrieben und von Gronam und seinen fünf Weisen unterzeichnet.

Gronam Ochs faßte die Gefühle aller Chelmer mit den folgenden Worten zusammen: „Dieser Krieg hat uns nicht reich gemacht, dafür aber weise.“

Der Aufstand

Auf einen verlorenen Krieg folgt bekanntlich früher oder später ein Aufstand. Und genau dies geschah auch in Chelm. Der Führer der Revolutionspartei, Bunem Pokraka, verkündete: „Gronam Ochs hat uns verführt. Chelm ist in Schande geraten. Überall lachen sie uns aus, in Gorschkow, in Masselborscht, in Itzbitzka und sogar in Lublin."

Bunem Pokraka ließ das folgende revolutionäre Programm veröffentlichen:

1. Gronam Ochs muß abdanken. Er muß gezwungen werden, dies aus freiem Willen zu tun.
2. Geld muß abgeschafft werden. Solange Geld vorhanden ist, gibt es Arme und Reiche. Ohne Geld werden alle gleich arm sein. Es wird keine Diebe geben, und die Gemeinde kann die Gehälter von Chaikel, dem Polizisten, und Lemel, dem Gefängniswärter, einsparen.
3. Chelm soll nicht mehr von einem Weisen der Weisen regiert werden, sondern von dreien unter der Leitung von Bunem Pokraka, dem Oberweisen der Weisen.
4. Wahlen sollen alle vierzig Jahre stattfinden, und zwar an Purim*. Das Wahlrecht steht nur den Mitgliedern der Revolutionspartei zu.
5. Die Frauen von Chelm haben ihren Goldschmuck zu stiften, der eingeschmolzen und für ein Standbild von Bunem Pokraka verwendet werden soll.

6. Zeckel der Dichter soll eine Hymne zum Lobe von Bunem Pokraka komponieren. Sie soll zwölftausend Verse lang sein, und alle Schulkinder haben sie auswendig zu lernen.

7. Weil Schlemihl Widerstand gegen den Krieg geleistet hat, wird er zum Schreiber von Bunem Pokraka bestimmt.
8. Gronam und seine fünf Weisen werden zu einer Gefängnishaft von immer und einem Mittwoch verurteilt.
9. Weil Yente Pesha Gronam das Abwaschwasser auf die Füße gegossen hat, muß sie ihrem Ehemann nicht ins Gefängnis folgen. Sie soll sich statt dessen von Gronam scheiden lassen und Schlemihl heiraten.

Dieses revolutionäre Programm wurde von den Armen von Chelm begeistert begrüßt. Viele von jenen, die in der Vergangenheit Gronams Weisheit bewundert hatten, nannten ihn nun einen Idioten, ein Arschloch und einen Taugenichts. Zeckel der Dichter, der zahllose Strophen zum Lobe von Gronam geschmiedet hatte, setzte sich nun hin, um eine Ode auf Bunem Pokraka zu verfassen. Er beklagte sich, daß zwölftausend Verse nicht ausreichten, um alle Tugenden von Bunem Pokraka zu beschreiben. Die Ode begann:

Für immer und ewig weiß jeder genau:
der Bunem Pokraka ist mächtig und schlau.

Bunem Pokraka verkündete, daß er die Regierung am Tag vor dem Fest Schawuot* übernehmen wollte. Zu dieser Jahreszeit ist es gewöhnlich sonnig und mild, und die Chelmer freuten sich schon auf die Blinsen, die sie an diesem Festtag essen würden. Zufälligerweise war er auch Bunem Pokrakas Geburtstag.

Als Gronam und seine Weisen erfuhren, was im Gange

war, packte sie die Furcht. Für immer und einen Mittwoch im Gefängnis schmachten zu müssen ist wahrhaftig kein Pappenstiel. Gronam beraumte auf der Stelle eine Sitzung seiner Ratgeber an. Diese Sitzung fand wie immer in seinem Hause statt. Doch diesmal nahm sich

Yente Pesha die Weisen gehörig vor, ehe sie auch nur anfangen konnten.

„Gronam Ochs“, kreischte sie, „du verdienst wahrhaftig, was du dir eingebrockt hast. Du willst ein Weiser sein? Dann bin ich ein Kaminbesen. Die ganze Welt ist durch deinen Krieg mit Masselborscht aus den Fugen geraten. Trotzdem denke ich nicht im Traume daran, mich von dir scheiden zu lassen. Und Schlemihl werd' ich erst recht nicht heiraten. Was hat es denn für einen Sinn, einen Schlemihl gegen den andern einzutauschen?“

Schlemihl, der das Protokoll der Sitzung führen sollte, klappte den Mund auf und streckte die Zunge heraus, weil er etwas sagen wollte. Gronam aber ergriff zuerst das Wort. „Keine Angst, Schlemihl“, sagte er, „niemand wird dich unter den Hochzeitsbaldachin* zerren.“

Die Sitzung dauerte wie üblich ziemlich lange, und Gronam lauschte – ebenfalls wie üblich – dem Rat aller fünf Weisen.

Dämelack Lekisch schlug vor, daß sich Gronam und die Weisen die Bärte scheren und die Kaftane kürzen lassen sollten, damit sie keiner erkennen und sie der Gefangenschaft entgehen konnten. Zeinvel der Trottel hielt es noch nicht für zu spät, Bunem Pokraka zu bestechen, indem man ihm Schlemihls Posten anbot. Treitel der Narr wies darauf hin, daß sie noch ein paar zerbrochene Schwerter und Speere besäßen, mit denen sie die Rebellen vertreiben könnten, selbst wenn die ganze Gemeinde und die Armee auf der Seite der Aufrührer standen.

Sender Esel wies auf ein Schlupfloch in Bunem Pokrakas Programm hin. Wenn nämlich die Rebellen auf das Geld verzichteten – und auch auf den Gefängniswärter, weil es ja nichts mehr gab, womit sie ihn hätten bezahlen können –, wie wollten sie es dann anstellen, die Weisen für immer und ewig und einen Mittwoch im Gefängnis festzuhalten? Schmendrick Dummkopf schlug zum Schluß vor, daß es das beste wäre, Bunem Pokraka um Gnade zu bitten, damit er die Gefängnisstrafe wenigstens um den Mittwoch kürzte.

Gronam nickte, schüttelte den Kopf und sagte dann bedächtig: „Meine geliebten Weisen, ich habe eure klugen Worte gehört und sie wie immer zutiefst bewundert. Trotz alledem sehe ich mich außerstande, eure Ratschläge anzunehmen."

„Und was schlägst du vor?" fragten die Weisen im Chor.

„Ich schlage vor, daß wir aus Chelm fliehen."

„Aus Chelm fliehen!" riefen die Weisen abermals im Chor, diesmal aber vor Entsetzen.

„Ich verstehe eure Gefühle", sagte Gronam, „bisher ist Chelm wahrhaftig die weiseste Stadt der Welt gewesen. Wenn die Chelmer jedoch bereit sind, uns durch Bunem Pokraka und seine Speichellecker zu ersetzen, so kann das nur bedeuten, daß Chelm nicht mehr ist, was es einmal war."

„Was wird dann mit unseren Frauen und Kindern geschehen?"

„Sie müssen auf uns warten, bis Chelm wieder zu Verstand kommt und wir zurückkehren können."

„Wie werden wir in der Fremde leben?"

„Wir werden den Staatsschatz mit uns nehmen. Die Rebellen von Chelm glauben zwar nicht an Geld, aber in Lublin ist Geld immer noch Geld geblieben. Wer weiß, vielleicht will es die Vorsehung, daß wir die Weisheit von Chelm in andere Städte tragen."

„Wir haben dich noch nie so glänzend sprechen hören", sagte Dämelack Lekisch.

„Ich gehe mit dir", verkündete Schlemihl, der sich nun nicht mehr damit aufhielt, erst um Erlaubnis zu bitten, wenn er etwas sagen wollte.

„Warum willst du denn davonlaufen?" fragte Gronam. „Du hast bei den Aufrührern doch einen Stein im Brett. Sie wollen dir ja sogar meine Yente Pesha als Ehefrau geben."

„Deshalb will ich ja weg", antwortete Schlemihl, „ich hab' keine Lust, so auf mir herumhacken zu lassen, wie sie es mit dir macht."

„Na gut, dann komm also mit uns."

In jener Nacht verließen Gronam, die fünf Weisen und Schlemihl Chelm und nahmen die Kiste mit, in der sich das Geld von Chelm befand. Als sie sie jedoch öffneten, entdeckten sie, daß sie leer war. Feitel der Dieb, der aus der Haft befreit worden war, hatte sich in das Schatzgewölbe geschlichen und alles mitgehen heißen.

Gronam Ochs war bitter enttäuscht. „Wartet nur, wenn ich als Herrscher nach Chelm zurückkehre", verkündete er, „und dann den Krieg mit Gorschkow führe, dann werd' ich Feitel den Dieb ganz bestimmt nicht noch einmal aus dem Gefängnis holen, damit er uns das Torschloß von Gorschkow aufbricht."

„Aber wer soll es denn sonst machen?" fragte Schmendrick.

„Wir werden am hellichten Tage angreifen, dann steht das Tor ohnehin offen", antwortete Gronam.

Chelm ohne Geld

Als entdeckt wurde, daß Gronam und seine fünf Weisen sich mit der Stadtkasse davongemacht hatten, erschollen überall in Chelm die Jubelrufe: „Lang lebe Bunem Pokraka! Lang lebe die Revolution!“ Bunem stand auf dem Höhepunkt seiner Macht. Bald begann jedoch der Ärger.

Bunem Pokraka hatte das Geld abgeschafft, aber die Händler weigerten sich, ihre Waren für nichts und wieder nichts abzugeben. Also beschlagnahmten Bunem Pokrakas Leute die Warenlager, und es wurden staatliche Verwalter eingesetzt. Diese Verwalter verteilten jedoch die Waren unter ihren Freunden, und neue Handelsgüter konnten nicht erworben werden. So erhob sich bald an allen Ecken und Enden dasselbe Geschrei: „Gib uns das Geld zurück! Wir wollen Geld!“

Bunem Pokraka versuchte zu erklären, daß man Gold nicht essen kann, genausowenig wie Banknoten.

„Aber wovon sollen wir uns Nahrung kaufen?“ fragten die Chelmer.

Bunem Pokraka und seine beiden Weisen der Weisen, Berel Erbsenhirn und Schmerel Trödler mit der langen Leitung, grübelten drei Tage und drei Nächte, und dann entschieden sie, daß sich alle Chelmer dreimal in der Woche, montags, dienstags und donnerstags, auf dem Marktplatz versammeln und ihre Waren tauschen sollten. Der Beschluß wurde an einem Mittwoch veröffent-

licht, und am Donnerstag fanden sich viele Chelmer auf dem Marktplatz ein.

Als erster war Zeckel der Dichter zur Stelle. Er schlug einen Stand auf, breitete seine Gedichte aus und schrie: „Ich bin bereit, meine Gedichte gegen Brot, Butter, Käse, Hühner, Eier, Zwiebeln und Knoblauch einzutauschen. Die Sohle meines linken Stiefels hat ein Loch. Dem Schuhmacher, der mir meinen Schuh besohlt, biete ich ein Gedicht von dreiundzwanzig Zeilen. Der Kritiker Fleckel hat geschrieben, daß es noch nie so einen Dichter wie Zeckel den Dichter gegeben hat und daß es auch in Zukunft keinen seinesgleichen geben wird!"

Der Brautwerber Schmoyger konnte seine Ware nicht mitbringen, die Mädchen nämlich und die jungen Männer, aber man konnte ihn singen hören: „Keila Bascha, meine Frau, kann das Sabbatmahl* nicht vorbereiten, weil unsere Speisekammer leer ist. Für eine Heiratsvermittlung nehme ich einen Sack Roggenmehl für Schwarzbrot, einen Sack weißes Mehl für die Sabbatbrote*, zehn Pfund Grütze, zehn Pfund Reis und ein Pfund Hühnerfett für den Scholent*. Jungen und Mädchen, kommt zu mir, und laßt euch von mir die Heirat vermitteln!"

Die Chelmer Musikkapelle, drei Fiedler und ein Trommler, standen dicht beieinander. Der Trommler machte den Marktschreier: „Wenn ihr Musik hören wollt, so stellt euch hier auf, für ein Hühnchen spielen wir euch eine Polka, für eine Ente spielen wir eine Mazurka, für einen halben Rinderrücken, vom Hals bis zum Schwanz, ein ganzes Konzert."

Fultscha Witzbold verkündete im Singsang: „Ich verkaufe Späße und Witze. Wenn ihr euch schieflachen wollt, kommt zu mir! Ein Witz für ein Ei! Drei Witze für zwei Eier! Fünf Witze für drei Eier!“

Aber an diesem Tag brauchte niemand in Chelm Gedichte, Heiratsvermittlungen, Musik oder Späße. Ein einziger Schuhmacher war willens, ein Paar Stiefel für eine Ziege zu tauschen, aber der Besitzer der Ziege rechnete ihm vor, daß eine Ziege zu der Zeit, als es noch Geld gegeben hatte, soviel wie drei Stiefel wert gewesen wäre. Aber was fängt einer mit drei Stiefeln an? Der Schuhmacher und der Ziegenbesitzer stritten und feilschten den lieben langen Tag und konnten den Handel doch nicht abschließen.

Am folgenden Tag, am Freitag, heizte der Badediener Hotzmach den Badeofen nicht an, weil er keinen Lohn erhalten hatte. Am Samstag mußte halb Chelm fasten. Am Sonntag morgen versammelte sich eine riesige Menge vor Bunem Pokrakas Haus, und man konnte wildes Schimpfen hören. „Gib uns Geld! Chelm kann ohne Geld nicht leben! Wir wollen Geld haben!“

In jener Nacht machten Bunem Pokraka, Berel Erbsenhirn und Schmerel Trödler kein Auge zu. Steine wurden in die Fenster von Bunems Haus geworfen, und seine Frau, die genauso eine Keiferin war wie Gronams Yente Pesha, beschimpfte ihren Ehemann nach Strich und Faden.

Plötzlich erscholl draußen über dem Aufruhr eine Stimme.

„Brüder und Schwestern von Chelm. Bunem Pokraka hat die Revolution verraten. Er ist ein Feind des Volkes und noch beschränkter als Gronam Ochs. Ich, Feitel der Dieb, werde die Regierung übernehmen. Ich werde sofort neues Geld ausgeben. Lang lebe die Revolution! Nieder mit Bunem Pokraka! Ich, Feitel, ernenne mich zum Ersten Weisen von Chelm für jetzt und alle Zeiten."

„Nieder mit Bunem Pokraka! Lang lebe Feitel!" hörte man die Menge rufen.

Feitel der Dieb und seine beiden Helfershelfer, Notke Messer und Yoschke Taschendieb, führten die Volksmenge zu einem Versteck und zeigten ihnen das Gold, das sie aus Gronam Ochs' Schatzkiste gestohlen hatten. Aber anstatt Goldmünzen an das Volk zu verteilen, gaben sie Papiergeld aus. Da weder Feitel noch seine Helfer schreiben konnten, hatten sie den Banknoten drei Kreise aufgedruckt. Innerhalb einer Stunde kehrten in Chelm wieder Ruhe und Ordnung ein.

Bunem Pokraka, Berel Erbsenhirn und Schmerel Trödler wurden ins Gefängnis geworfen und des Verrates angeklagt. Das Urteil des Gerichtes war vorauszusehen: Gefängnisstrafe für immer und einen Mittwoch.

An jenem Tag begann Zeckel der Dichter seine Ode so umzugestalten, daß sie auf Feitel den Dieb paßte. Er beharrte jedoch darauf, daß die für Bunem vorgesehene Verszahl nicht im geringsten ausreichen würde, um Feitels strahlende Tugenden zu schildern. Zeckel sagte, er brauche mindestens die doppelte Menge.

Feitels Herrschaft

Feitels erste offizielle Handlung nach der Verteilung des Papiergeldes bestand darin, den Richter einzukerkern, der ihn zu Gronams Zeiten wegen seines Diebstahls verurteilt hatte. Dann diktierte er seinem Schreiber eine neue Liste von Gesetzen:

1. Diebstahl ist kein Verbrechen mehr, außer man bestiehlt einen Dieb.
2. Die Bürger von Chelm müssen drei Viertel ihrer Einkünfte als Steuern abgeben. Außerdem müssen die Weiber von Chelm der Regierung jeden Donnerstag zwei Stück gefilte Fisch, eine Schüssel Mohrrüben-Zimmes*, drei Scheiben Challe* und einen Topf Scholent bringen.
3. Gorschkow und Masselborscht wird der Krieg erklärt. Chelm wird sich für die Niederlage durch die Fäuste der Kutscher und Schlachter rächen.
4. Alle Messer, Äxte, Küchenbeile, Gabeln, auch Papiermesser und Haarnadeln werden zur Verwendung in der Armee beschlagnahmt.
5. Alle männlichen Bewohner im Alter zwischen elf und achtzig Jahren werden zur Vorbereitung des künftigen Krieges verpflichtet, jeden Tag eine halbe Stunde zu exerzieren.
6. Chelm wird wieder zum Kaiserreich erklärt, das im Lauf der Zeit das gesamte Territorium zwischen den Flüssen San und Bug einnehmen wird.

7. Alle Fremden, die einen gebürtigen Chelmer treffen, haben sich siebenmal zu verneigen und dabei auszurufen: „Lang lebe Feitel!“
8. Wenn ein Chelmer einen Fremden trifft und ihm einen seiner Zähne ausschlägt, so muß der Fremde seinem Angreifer die Summe zahlen, die ein Zahnarzt für das Ziehen des betreffenden Zahnes berechnet hätte.

9. Die alten Fest- und Feiertage werden für ungültig erklärt. Von nun an gilt der Tag, an dem Feitel sein erster Taschendiebstahl gelang, als Nationalfeiertag. Weitere Feiertage sind die Jahrestage von Feitels erstem Einbruch und seinem ersten Überfall. Der Sabbat wird gestrichen.

Nachdem diese neuen Gesetze verkündet worden waren, bekamen die älteren Leute einen gehörigen Schrekken und sagten voraus, daß sich daraus nichts Gutes ergeben würde. Aber die Raufbolde von Chelm schlugen sich auf Feitels Seite. Weil es in Chelm keine Kasernen für die neue Armee gab, befahl Feitel, die Armen und die Kranken aus dem Armenhaus zu werfen, damit dort das Militär untergebracht werden konnte.

Kurz darauf begann Feitels Armee, einen herrlichen Sieg nach dem anderen zu gewinnen. Zuerst marschierten sie des Nachts nach Gorschkow. Das Torschloß wurde von Feitel mit eigener Hand geknackt, und die Leute von Gorschkow wurden aufgefordert, sich zu ergeben. Masselborscht erlitt das gleiche Schicksal. Auf dem Heimmarsch eroberte die tüchtige Armee von Chelm gleich noch ein paar andere kleine Weiler mit.

In seiner Siegesode prophezeite Zeckel der Dichter, daß die Armee von Chelm eines Tages Indien, Itzbitzka, Äthiopien, Frampol und Madagaskar erobern würde.

Aber es dauerte gar nicht lange, da brach unter Feitels Herrschaft eine Krise aus. Alle arbeitsfähigen Männer waren in die Armee gesteckt worden, und keiner war übrig, um die Alltagsarbeiten zu verrichten. Wieder fehlten

Lebensmittel, Kleider und Schuhe. Feitel hatte ein paar Sklaven angeschleppt, Bürger von Gorschkow und Masselborscht, aber auch sie konnte er nicht ernähren.

Nachdem Feitel festgesetzt hatte, daß Diebstahl kein Verbrechen mehr war, wurde so viel gestohlen, daß ehrliche Leute all ihre Habe verloren. Daraufhin begannen die Diebe sich gegenseitig zu bestehlen, und dadurch entstanden unter Feitels Anhängern heftige Streitigkeiten und Auseinandersetzungen.

Dann verbreitete sich bald die Nachricht, daß alle Nachbarstädte, vor allem Lublin, Frampol und Itzbitzka, ihre Streitkräfte mobilisierten, um Chelm anzugreifen. Daraufhin steckte Feitel alle Chelmer in Uniformen, selbst die Kranken, die er aus dem Armenhaus geworfen hatte. Aber die halbverhungerten Chelmer konnten keiner Armee standhalten, die ausgeruht, wohlgenährt und ausgezeichnet bewaffnet war. Chelm wurde belagert. Feitel beharrte darauf, daß Chelm imstande wäre, seine Feinde zu besiegen, und daß seine neue Ordnung ewigen Bestand hätte. Aber eine Woche nach dem Beginn der Belagerung glich die Armee von Chelm einer Legion von Leichnamen.

Als Feitel begriff, daß das Ende gekommen war, versteckte er sich im öffentlichen Dampfbad. Er wurde jedoch bald aufgestöbert. Die ihn erwischt hatten, stülpten ihm einen Müllkübel über den Kopf und zwangen ihn, einen Besen in der einen und ein Pappschwert in der anderen Hand zu schwenken. So wurde er in Schimpf und Schande auf den Marktplatz gescheucht.

FEITEL

Zeckel der Dichter war kurz vor der Belagerung mit den ersten sechzehntausend Versen zum Lobe von Feitel fertig geworden. Als er sah, daß sich die Dinge zum Schlimmen wandten, veränderte er sein Gedicht an einigen Stellen und nannte es nun „Scheitern und Schmach des Tyrannen Feitel".

Die Chelmer hatten große Angst, daß die Sieger sie versklaven und zu Schwerarbeit in Gorschkow und Masselborscht verdammen würden. Diese beiden Städte brauchten jedoch keine Sklaven. Sie hatten genug eigene Arbeitslose.

Als Gronam Ochs und die fünf Weisen hörten, daß Chelm befreit worden war, kehrten sie mit der leeren Stadtkasse nach Chelm zurück. Yente Pesha war so verblüfft, ihren Ehemann wiederzusehen, daß ihr das Spülwasser abermals aus der Hand kippte, diesmal jedoch auf seine nackten Füße. Gronam und seine fünf Weisen, die in Lublin Bettler gewesen waren, wurden wieder die Herrscher von Chelm.

Glänzende Zukunft

Chelm hatte keinen militärischen Ehrgeiz mehr, und die Chelmer stürzten sich wie besessen in die Arbeit. Es war sonnenklar, daß ihnen nur Arbeit helfen konnte.

Sie wurden so fleißig, daß sie kaum Zeit hatten, etwas zu essen. Sie stellten mehr her, als sie verkaufen konnten, und begannen sich nach Märkten außerhalb von Chelm umzuschauen. Aber die Leute von Gorschkow und Masselborscht, die gern manche Ware von den Chelmern gekauft hätten, besaßen kein Geld. Gronam und seine Weisen dachten sieben Tage und sieben Nächte lang nach und kamen dann zu einer Lösung. Sie müßten Masselborscht und Gorschkow nur Geld geben, dann konnte man dort die Waren aus Chelm kaufen.

Diese Entscheidung wurde von den Chelmer Kaufleuten begrüßt, von einigen Armen aber verworfen. „Warum gibt es Geld für Gorschkow und Masselborscht, unsere früheren Feinde", fragten sie, „während wir Veteranen fast verhungern?" Es kam zu Protesten und Demonstrationen, und Chelm geriet in eine neue Krise.

Bunem Pokraka, der sich in der Stadt Itzbitzka im Exil befand, verkündete wieder, daß nur das Geld in Chelm die Wurzel allen Unglücks sei. Er schickte seine Spione nach Chelm, die unter den Bürgern heimlich die Botschaft verbreiteten, Bunem Pokraka sei der einzige, der Chelm retten könne.

Als Gronam spürte, daß sein Sessel wieder wackelte,

beschloß er, einen Beirat ins Leben zu rufen, der aus hundert Chelmer Unterweisen bestand. Dieser Beirat sollte das ganze Jahr hindurch Tag und Nacht tagen und die Probleme so rasch lösen, wie sie aufbrachen. Diese Lösungen sollten natürlich von Gronam und seinen fünf Weisen bestätigt werden. Zum Präsidenten des neuen Beirates ernannte Gronam den berühmten Philosophen von Chelm, Vizusu, Autor einer zehnbändigen Studie über die Frage, wer zuerst da war, die Henne oder das Ei.

Der Rat der hundert Unterweisen, wie er nun hieß, tagte viele Jahre, faßte jedoch nie einen Beschluß, weil sich die Unterweisen ständig stritten und niemals einigen konnten. Ohrfeigen und Hiebe, Beschimpfungen und das Werfen von Tintenfässern gehörten zu den alltäglichen Vorkommnissen. Einige der Unterweisen wagten es sogar, Vizusu den Idioten von Chelm zu nennen. Yente Pesha, die eine leidenschaftliche Beobachterin aller Vorgänge im Beirat und in der Regierung war, kam zu dem Entschluß, daß die Männer von Chelm solche Trottel waren, daß sie mit den Krisen der Stadt nie und nimmer fertig werden würden. Sie gründete eine Frauenpartei. Ihre Grundsatzforderungen lauteten, daß die Männer von Chelm die Hausarbeit übernehmen sollten, also den Boden fegen, die Windeln waschen, kochen, backen und sich um die Kinder kümmern. Unterdessen wollten die Frauen die Regierung in Schwung bringen. Dies hatte lediglich zur Folge, daß sich Gronam und Yente Pesha ununterbrochen in die Wolle gerieten, und bei den anderen Weisen und ihren Weibern war es genauso.

FRAUEN AN DIE MACHT
MÄNNER AN DEN HERD

CHELMER FRAUENPARTEI
MÄNNER IN DIE
YENTE PESCHA
Mädchen an die Macht
MÄDCHEN AN DIE MACHT
YENTE

Nach dem Abendessen pflegte Yente Pesha zum Beispiel zu sagen: „Gronam Ochs, es wird allmählich Zeit, daß du die Teller abwäschst."

„Ich, Gronam, der Oberweise, soll Geschirr spülen? Und was machst du?"

„Ich lese das neue Buch von Vizusu, ‚Was wäre mit den Chelmern, wenn es Chelm nicht gäbe'", lautete dann die Antwort von Yente Pesha.

„Das ist das Ende der Welt“, protestierte Gronam.

„Nicht das Ende der Welt, sondern das Ende deiner Tyrannei“, pflegte Yente Pesha dann zu erwidern. „Trödel nicht rum, Gronam. Setz dir die Krone ab, schnapp dir eine Schürze und mach dich nützlich.“

Und obwohl Gronam das Tellerwaschen als Erniedrigung eines Oberweisen empfand, gehorchte er Yente Pesha aufs Wort, denn in Chelm war es bei den Männern Mode geworden, die Teller zu spülen, und bekanntlich ist in Chelm die Mode mächtiger als selbst das Gesetz.

Dies ist also im großen und ganzen die Geschichte von Chelm bis in unsere Tage. Gronam bleibt jedoch optimistisch. In seiner letzten Rede, die er bei der Enthüllung des neuesten Denkmals zu seinen Ehren hielt, sagte er: „Wir hegen nicht im geringsten den Wunsch, die ganze Welt zu erobern, aber unsere Weisheit verbreitet sich von allein bis in ihren letzten Winkel. Wir haben eine glänzende Zukunft vor uns. Es bestehen gute Aussichten, daß eines Tages die ganze Welt ein einziges großes Chelm sein wird.“

Worterklärungen

Seite 7
Gefilte Fisch: gefüllter Fisch, beliebtes Sabbatgericht, besonders für Kinder, weil der ganze Fisch aus Fülle besteht, die keine Gräten hat.

Seite 8
Schlemihl: Pechvogel

Seite 26
Mazze oder Matze: hauchdünne ungesäuerte Weizenfladen

Seite 28
Blinsen oder Plinsen: Festtagsgericht, dünne Pfannkuchen, die mit Topfen (Quark), Früchten oder Fleisch gefüllt werden.

Seite 30
Purim: Fastnachtsfest mit Maskenumzügen, Theaterspiel und süßen Festspeisen

Seite 32
Schawuot: Frühlingsfest – wird etwa zur gleichen Zeit wie Pfingsten gefeiert. Erinnert auch an den Tag, als Moses am Berge Sinai von Gott die Tafeln mit den Zehn Geboten empfing.

Seite 34
Braut und Bräutigam werden von den Eltern unter den *Hochzeitsbaldachin* oder Trauhimmel geführt, der an vier Stangen von unverheirateten jungen Leuten getragen wird. Unter diesem Himmel findet die Trauung statt.

Seite 40
Der Sabbat ist der siebte Tag der Woche (Samstag), an dem Mensch und Hausvieh zum Lobe Gottes völlige Ruhe genießen sollen. Da

auch Kochen und Feueranzünden als Arbeit betrachtet werden, muß das *Sabbatmahl* vorbereitet werden. Es gibt deshalb eine große Zahl von speziellen Gerichten, die früher am Vortag in den Backofen geschoben wurden und auf der allmählich verlöschenden Glut langsam und köstlich garten.

Sabbatbrote oder Barches: auf dem Sabbattisch liegen stets zwei Hefezöpfe aus Weizenmehl, über die der Hausvater den Segen spricht.

Das Wort *Scholent* ist von *chauld* (warm) abgeleitet und bezeichnet kein Gericht, sondern eine Zubereitungsart. Es ist ein saftiger Auflauf, dessen Zutaten weder austrocknen noch anbrennen, wenn sie von Freitagabend bis Sabbatmittag im Rohr stehen.

Seite 44
Zimmes ist ein Eintopf mit Fleisch oder nur mit Gemüse oder Trokkenfrüchten, die mit Zucker und Honig in Fett geschmort werden.

Challe, Segensbrot, heißt der weiße Hefezopf.

Nachwort

Wo liegt Chelm? Ebenso wie Schilda im Reich der Phantasie. Die Schildbürger und die Narren von Chelm entspringen der gleichen Lust der Leser und Zuhörer, von Schelmenstreichen zu hören und die Welt im Zerrspiegel zu betrachten. Ja, wahrhaftig, so verrückt geht es zu, da könnte ich auch gleich eine Geschichte erzählen ...

Isaac Bashevis Singer ist ein großer Erzähler, und er hat alles auf jiddisch geschrieben. Was ist das für eine Sprache?

Sie ist so alt wie die Juden, die um 1350 nach der Großen Pest und den darauf folgenden Judenverfolgungen aus dem Römischen Reich Deutscher Nation nach Osten fliehen mußten. Von den Zaren wurden sie gezwungen, sich innerhalb eines bestimmten Gebietes an der russischen Westgrenze anzusiedeln. Dort lebten sie in kleinen Gemeinden, in kleinen Holzhäusern als Handwerker, Wirtsleute oder Händler.

Diese fünf Millionen osteuropäischer Juden einte in der oft feindlichen Fremde ihre Religion, deren Gesetze sie streng befolgten, und ihre Lebensweise, die sich daraus ergab. In ihre Sprache, die sie aus dem mittelalterlichen Deutschland mitgebracht hatten, reihten sich im Lauf der Jahrhunderte slawische Wörter ein. So entstand aus dem Mittelhochdeutschen das Jiddische.

Isaac B. Singer wurde 1904 in der Nähe von Warschau in diese Welt geboren. Durch den Zweiten Weltkrieg, den die Deutschen begannen, und durch die Judenverfolgungen wurde sie für immer vernichtet. Singers Vater war Rabbiner, also Lehrer, was auch Isaac gern werden wollte. Doch nach seinem Studium an der Warschauer Universität arbeitete er als Journalist. 1935 emigrierte er, gerade noch rechtzeitig, in die USA, nach New York, wo er heute noch lebt. Er hat viele Erzählungen und Romane geschrieben und gilt als der bedeutendste jiddische Autor. 1978 erhielt er den Nobelpreis für Literatur.

Sybil Gräfin Schönfeldt

Die Übersetzerin

Sybil Gräfin Schönfeldt studierte Germanistik und Kunstgeschichte in Göttingen, Hamburg und Wien und schrieb eine Dissertation über Formprobleme der Lyrik. Sie wurde Journalistin, arbeitet für Funk und Fernsehen, war von 1981 bis 1984 Vorsitzende des Arbeitskreises für Jugendliteratur, schreibt und übersetzt Kinder- und Jugendbücher (unter anderem von W. M. Thackeray, E. Nesbit, Lewis Carroll, Mark Twain, Roald Dahl, Joan Aicken, Sid Fleischman, Pamela Travers) und bekam 1968 für eine Übersetzung den Deutschen Jugendbuchpreis.

Der Illustrator

Heinz Ortner ist 1953 im österreichischen Villach geboren. Er hat an der Hochschule für Angewandte Kunst in Wien studiert und ist seit 1976 als freischaffender Künstler, hauptsächlich als Bildhauer und Cartoonist tätig. In Österreich hat er sich unter anderem mit Arbeiten für eine satirische Zeitschrift einen Namen gemacht. Durch zahlreiche Ausstellungen wurde er weit über seine Heimat hinaus bekannt. Vor einigen Jahren hat Heinz Ortner, der heute in Klagenfurt lebt, begonnen, auch Kinder- und Jugendbücher zu illustrieren.

Die berühmte Stadt
CHELM
Weg
Weg
Fluß
Weg